Une voix venue

d'ailleurs

布朗肖作品集
MAURICE BLANCHOT

来自别处的声音
Une voix venue d'ailleurs

（法）莫里斯·布朗肖 著
方琳琳 译

南京大学出版社

# 目　录

前　奏

关于路易-勒内·德·福雷的诗歌/1

拉斯科的野兽/41

最后的言者/63

我所想象的米歇尔·福柯/89

# 前　奏

## 关于路易-勒内·德·福雷的诗歌

# 编者注

《前奏》(Anacrouse)首次面世于20世纪末,1992年,由尤里斯出版社(Ulysse)以《来自别处的声音》(Une voix venue d'ailleurs)之名发行。

此处,莫里斯·布朗肖所关注的路易-勒内·德·福雷的诗歌为《海上悍妇》[Les Mégères de la mer,法国水星出版社(Mercure de France)]和《塞缪尔·伍德之歌》[Poèmes de Samuel Wood,发塔-莫尔加那出版社(Fata Morgana)]。《白黑》(Le blanc Le noir)探讨的是《奥斯蒂纳多》(Ostinato,法国水星出版社)中的节选。

在他的身上,孩子的声音从未消失。

这声音仿佛上苍的恩赐,将爽朗的笑声、滋润的泪水和强烈的野蛮赋予枯燥的字词。

——路易-勒内·德·福雷

节选自《奥斯蒂纳多》

来自别处的声音

我曾经在埃兹生活过。当时经常居住的一间小屋子里(因为双重视角而显得宽敞,一边可以径直看到科西嘉岛,另一边则可以远眺费哈角海岬),墙上悬挂着一幅肖像(现在还挂着),人们称之为"塞纳河畔的无名少女"。少女双目紧闭,洋溢着敏锐而吉祥(却又带着含蓄)的笑容,显得生机勃勃,足以让人相信她正沉浸在无比美好的时光之中。她引得贾科梅蒂①去找寻一位愿意重新尝试死亡中的极乐考验的年轻女子。

提到这幅画时我很谨慎,因为不想破坏塞缪尔·伍德

---

① 贾科梅蒂(Alberto Giacometti,1901—1966),瑞士超现实主义以及存在主义雕塑大师,画家。——译者注

(Samuel Wood)——Samuel la Forêt①——的诗歌所萦绕的氛围。在诗中黑夜的长梦里,孩童时期的影像突然重现,或是在星星和玫瑰之间,站立在"恩泽的光辉之中",微笑着;或是手捧蜡烛悬空而立,为了不让别人看见她的消失,极不情愿地吹灭了蜡烛。"唯有在梦里,她才会现身于人前 / 太美了,以至于无法减轻痛苦",反而加剧了痛苦。因为只有和梦魇一起,她才会出现在那里。与此同时,大家都明白她的出现是骗人的。骗人的?

"不,她在那里,就在那里 / 即便倦意纠缠着我们,那又如何。"

最好丢掉谨慎的理由,摧毁昼间的智慧。这智慧试图摧毁"神奇的出现 /人们似乎看见了被死亡抓住的面庞一般胆战心惊"。"她在那里,看着我们/只有为了见到她,我们才会入睡。"

---

① Wood(森林)一词意同法语中的 la Forêt。——译者注

前　奏

于是,梦寐和理智的白昼继续着永无止境的斗争。

"梦,难道不比梦更真实?""孩子,被家的磁场吸引着／每个夜晚,来到这片玫瑰园／回来用淳朴的火焰照亮房间／她走近我们,仿佛祭祀和祈祷。"倘若不在梦里追忆,那又如何苟延残喘?

"还有一位妇人,坐在窗户边／总是这样的画面。她是谁?还有她那带着红手套的手指做的手势是什么意思?"人们从睡梦中挣扎着醒来,以期质问她,忘却她。接下来的一个又一个子夜里,她又回来了,还是同样的姿势,倚在另一扇窗户边。

这一形象扰乱了我。因为我也遇见了她。无论白昼,还是黑夜。**忧郁的使者**,仿佛亨利·詹姆斯《螺丝在拧紧》中幽灵出现的情形,就像一个犯了错的女子,一动不动地,微微转过身,让我们逃离对自己所犯错误的记忆。

那些形象太真实了,真实得难以维持。

于是,争议出现了,圈套泄露了:"这些形象当时只是一个遗忘的错误。"禁止"无视自然法则",禁止阻挠死亡的企图。塞缪尔·伍德或他的副本宣告判决:"无可挽回的裂口。让我们为此备案。／我们遗憾终生。"

但是,突然出现了另外一个欲望:为什么不斩断缆绳,向她奔跑而去呢?在死亡中,借助于死亡。这死亡,不仅得到认可,而且被称为"作为寂静的完美形式而被选择"?

或者,从另一个现实的角度来看,为什么不等待记忆衰减,不再"忍受,不再见她／我们相聚在,宜于约会的夜晚"?

过去,我们曾经在"荒谬的记忆"中学着认识的"执拗的男孩",他抛出诱惑,表明了不可抗拒的判决。

"虚无与虚无相结合,什么也无法孕育。"

严厉的工作,为了遗忘人们所谓的遗忘,带着另一种残存、一份无比晦涩的苛刻,又一次不带任何慰藉:"温柔令嗓子哽咽 / 审慎的友谊之义务。"

"审慎的友谊之义务。"这些字词如此简洁,如此美丽,给我们带来了怎样的纷乱!无论怎样的异议和动摇,其中"诱惑与恐惧相伴随行",不可以再沉默。你必须言说(即便言说往往要么意义过多,要么无甚意义)。一旦采取此种方案,"你必须沉默"又来了:还是"去拾掇拾掇你那乱七八糟的桌子吧"。"安静所言说的内容甚至比字词更久远。任何言说之人都是由必死的肉体构成的。"然而我们之所以言说,是因为除了字词之外,我们没有其他工具。字词"首先是我们的主人 / 因为要保持沉默,就必须经由它们"。

于是,梦中人质问那位妇人。后者借给他一个绰号,以此来摆脱他。"你,无以证明你活在这个名下,塞缪尔,塞缪尔,我听到的就是你的声音吗? / 来吧,如同坟墓的深度 / 用句子来加强我的深度 / 或者回应他巨大的贫乏?"

回答就在我们每一个人的身上。我们知道,在死亡的近旁,我们还必须"默默地坚守着",必须去迎接隐秘的友谊。正是这友谊让我们听到了某个来自别处的声音。空幻的声音?或许吧。

有什么关系!与我们**言说**之人,将会一直与我们言说,就像消逝在"时间终结四重奏"之中的最终的和谐会一直在耳边响起。(这是永恒吗?)

## 初表歉意

我写了这篇评论(似乎是为一篇评论而写)。然而,在写作的过程中,被诗歌的魅力所吸引的我,将诗歌转变为散文。因为这个错误,我紧闭双眼。这一转变并非更加庄重。塞缪尔·伍德的这些诗歌,应当先倾听其声音,才有可能真正地理解。"我们触动了诗文。"但是马拉美还是在"自由的诗文"中辨别出了"疲乏的"古亚历山大体。我希望能够讲述节奏——将古诗文延长,从而赋予它一种昏暗而璀璨的光辉,淳朴中的崇高。就是通过这些修饰语,我才平息了那些声音,那些呼唤我们、吸引我们迈向终点的声音。

白　黑

我认为必须谈一谈《奥斯蒂纳多》,应当谈一谈。但是在一门因为缺失而令我困惑的语言中,却找不到话语来谈论。

《奥斯蒂纳多》是一部乐谱,一段没有变奏的旋律,一个往复不断的强烈动机。阿尔班·贝尔格在舒曼的音乐中听到了,我也听到了。这个独一无二的音调似乎一直在他的脑海中不停地回响,却无法前进。

这也是列昂纳多·达·芬奇的"固执的严厉"。年轻的保尔·瓦雷里决定只保持其严厉,而承受其中的魅力。

然而,关于路易-勒内·德·福雷,我们碰到了一个巨大的困难。我猜想一场巨大的、无止境的、无法挽回的灾难降临在他的生命之中。深渊,绝对的灾难。于是,他丧失了写作的天赋。我不认为这是一句誓言:"我不再写作了。"一句不需要被宣告的誓言。在此灾难中,写作之人似乎被吞没。"您看这里,纯洁的帆布下方的角落里,灾难的残痕。"

我敢说这是真实的(叹息)。那些年里,作家不再写作。似乎为了让这一中断显得更如命中注定,他把时间献给了其他艺术:绘画、素描,我知道什么? ——或者,音乐。

那天,他如何被引向写作的苛刻要求?这种痛苦、心照不宣的誓言以及永恒的真空都无法战胜。或许他明白了:为了不再写作,那就必须继续写作,永无止境地写作,直至终点,或者从终点开始。

唯有黑色方可突显白色,唯有言语和声音方可突显寂静。

## 前 奏

因这一(但这并非唯一的理由)零碎的法则,《奥斯蒂纳多》文本中断。依据经验,我知道没有什么比缺乏连贯叙述或必要论证的写作更加棘手。倘若人们在追随着一条路线的话,那么这就是"一条盲目的路线",任何地方都无法抵达。舒适的目的地,无论是否遥远,并不存在。格言、警句、论证的话语都远非自动写作的部分。

这是一部自传吗?或许是低估了文本,(超越时间的)当前的叙述,指责总是以第三人称出现的某个人,但那个中性的甚至无人称的、远处的我,人们难以辨别出来。(路易-勒内·德·福雷先前的叙述往往都是以第一人称书写的,但是第一人称已经形成了一种独特的地位——我,缺乏自我的我,在真实与幻想之间争辩、犹豫和摇摆。)

《奥斯蒂纳多》里的现在具有各式各样的特征:时而是无可比拟的记忆——悲剧的记忆——将埋藏的记忆公之于世,迫其再生,好似从未发生过,好似不得不重新承受世事;时而是显赫的信息,拥有至高无上的美丽,即便难以抗拒的意识随后努力展现其魅力——时而……但是我停住了:面对每一个继续寻找财富的读者。

我回到言说的义务、写作的义务。在长时间的寂静之后,作者所感受到的义务,如同一次判决,甚至是罚入地狱的宣判。"沉默,不,他手足无措。即使在听到他的声音前所未有地扯高时,因为仇恨和恐惧而颤抖。不,他再也没有力气去坚持了。消逝了,或许是晦涩的,但是依然在那里,坚持,不可动摇,好像认为他缺乏警惕,将他扔到一个新的痛苦之中。"

正因为此,轮到我沉默了。我无法承受评论的缺失,无法在话语的要素之间重新建立一个主线。正是这些话语的要素试图让我们理解最后的动词,最终的断裂。

哦,奥斯蒂纳多!哦,辛酸的美丽!

前　奏

我满足("满足"这个词让人无法接受,因为它暗含高兴的意思)于一边试图理解利奥塔题为《幸存者》①的文章,一边思索以路易-勒内·德·福雷之名发表的诗歌。

开端在哪里?是否有某个人或者某个事件宣告了开端?

黑格尔为我们做出了回答:死亡是精神的生命。"精神无法逃脱死亡,它是即时生命的接替……精神唯有在自身死亡的同时才能够存在……先前的经历不复存在。"因

---

① 《汉娜·阿伦特研讨会》(Colloques sur Hannah Arendt),三度出版社(Tierce)。

何而起,这非常重要:我所存在的这个实体不能再称作"我"。即使作为第三人称,也不能再称之为"我"。就这样,黑格尔来到了"我们"面前(我们,即当时的我和现在的我)。因此,什么也没有失去。死亡依然是一次美丽的死亡,因为它"保留"在当时的我和现在的我共同构成的这个"我们"之中。

但是,真的什么也没有失去吗?必然失去了的,是**此刻**"活灵活现的"存在。偶然性失去了,我们可以怀疑"当时"的存在。时间本身限于另一方式丢失后这一方式的替代。诚然,枭的起飞意味着开端。它确保一切得以幸存,一切得以传播。除了"活生生的",当时的已经变成缺失的或者一直缺失的存在。枭的悲伤,我们无法回避,黑格尔第一个感觉到了。但是死亡可能吗?由于黑格尔的恩典或是由于黑格尔的错误,我们预感到现在看起来如此生动的一切必然已经死亡了。这就是利奥塔所说的忧郁,别人称之为"虚无主义"。

但是如果开端并非结束,如果人们认为一切的诞生如同死亡,而死亡如同缺乏"真实的"诞生,为什么还存在一个双重的非存在?为什么还存在如同出生的非存在和如同死亡的非存在?

这是一个难解之谜。开端的谜团表明在没有任何联系的事物之间**存在**着某种联系。出生不仅是忧郁,而且终将比死亡更令人忧伤。《塞缪尔·伍德之歌》里这样写道:

*你说,在旅程的两端*

*出生的痛苦,最撕心裂肺*

*持续着,与我们对死亡的恐惧相对,*

*你说,我们不停地出生*

*但是死者,它们,以死亡而结束。*

"你说"。因此,"我"变成了一个故事,或者说,"我"认为自己变成了一个故事。但这个故事却是由别人来讲述的(但倘若"我"是一个被人遗弃的孩子,那么是谁写的这个故事呢?而在弗洛伊德看来,"我"一直认为如此)。这个缺失由一个故事而来,它将现在废除,是最大的痛苦(假设可以计算)。而另一个痛苦(却总是相同的)则有关"这个将我非法驱逐的虚无的国家"(《海上悍妇》)的记忆。还有另一个(但总是相同的吗?):

你说,我们不停地出生
但是死者,它们,以死亡而结束。

——《塞缪尔·伍德之歌》

因此,开始的要求是极端的痛苦,它只是一个"可能"(但是无可争辩的幻觉),受到灭绝的威胁,从来没有也不可能消失,离黑格尔让我们期望的修复的死亡还远着呢。

要求,谜团。

孩子,被强行离开他的母亲(离开在他看来密不可分的人)。母亲最终还是过早地把他撵走了(他还不够强大,还没法在世界上生存,但是对于母性的直接性,对于"母性"而言,他就太大了)①,孩子象征着间隙中的开始。他超越了存在-彼处的谜团,向他人展示了一个令人惊愕的存在之生机,但是通过这份生机,通过欺瞒、空幻的问题、得到又失去的安静来对其进行**补偿**。他**欠缺**开端(利奥塔如是说),如果他无法偿还此债务(因为他不能满足于做一个继承人,他是"国王"的儿子),他就无法停止出生,**停止**出生。

然而,对于其他人而言,并非对于他自己而言,这似乎是"一个崇高的赠送""崇高的祭献"②。除非它被开始的谜团所颠覆,如同被闪电击中一般,否则他永远也不会忘记自己被丢弃在盲目的恐惧之中。

人们所说的难以对付的男孩

自身"难以对付"? 还是因为别人这么说,才变得难以

---

① 此处我参照多米尼克·拉巴特的杰出的研究:《路易-勒内·德·福雷:声音和书卷》(*Louis-René des Forêts:La voix et le volume*),约瑟·高尔帝出版社(José Corti.)。
② 参阅:让-吕克·南希,《崇高》(*Le Sublime*),柏林。

对付?"难以对付"(对于那些这么说的人)所表达的或是一种惩戒,或是一种颂扬。只是相对于那些如此形容他的人而言,他才是难以对付的;对于他自己而言,不再是绝对的难以对付。

其余部分:为什么出生?我们为什么没完没了地出生?在结局本身之外(结局,正是绝对的非存在),为什么我们就剩下某些看似最初的东西?因为最初,首先总是判断的能力,对卑鄙说不(说是或不)的能力,这是**自由的权力**。**成熟**的人在夜里被"难以对付的男孩"评判,仿佛因为没有立即履行诺言而被牵连。确切地说,这个人还是那个不断出生的人,相对于丢失的非存在,他在继续感受到的寂静的债务中出生:没有残存的出生(不存在)①。

"除非属于智者的世界,"塞缪尔·伍德说。在黑格尔看来,智者即满足之人。在他看来,既然智者可以完美地回答任何问题,无需意愿,无需希望,无需做任何改变,那

---

① 此处"出生"与"不存在"法语单词发音相同。——译者注

么就无需再作讨论。智者死亡时不需要**他人**(陪伴他,拉着他的手直至走向死亡)。**本原**,绝对的本原。

但是,对于非黑格尔而言,言语、寂静,灿烂的阳光、小鸟的欢叫、免于言语必要性的歌曲、上帝创造物的欢乐,在无法听见之中仍然听得见或将听得见的寂静支撑其中的音乐,所有这些,都是问题。

多少次,还在梦想一门语言

不做字词的奴隶……

……不放弃去梦想安静的拥抱(列维纳斯或许称之为"爱抚")。

如是说,勉强地如是说。

在《海上悍妇》中,有这样一个不容置疑的确认:因为存在和不再存在是相同的厄运。在《塞缪尔·伍德之歌》中,人们出生自其中的非存在和人们在其中死亡的非存在,同样具有相同的意义和非意义,还带着绝对中止的持续与延续。

《海上悍妇》:

*在我唯一的财产,痛苦的记忆里……*

记忆,与普鲁斯特的记忆相去甚远,没有保障:什么也没有,对什么也没有记忆,哪怕是死亡,亦一无所知?

在叙述里,从非存在到非存在的历程回忆录不会保存下来,最终叙述得到惩罚或是解除。

谁否认了自己的历程,自然不会有回忆录。

在这两首诗歌(但是它们被**灾难性的事件**分开了)中,存在着同样的指责,更是无止境的指责。

*在我唯一的财产,痛苦的记忆里*

前　奏

我寻找孩提时期的自己把印记留在哪里。

印记:并非已然发生的一切的痕迹,而是从未发生的一切的痕迹。正是这些使我们远离普鲁斯特的记忆、非本意的记忆、荣耀地抓住的记忆,能够借助于复活的艺术将死亡驱逐。

还有痕迹:

永恒的诺亚方舟,完全无价值之人居中端坐,在方舟的下面
由于缺乏我的痕迹,而更加缺乏……

但是有诉讼,孩子带着已成为他者的孩子的出庭(仍然是《海上悍妇》):

为了唤醒孩童时期的苦痛
另一个孩子痴迷于同样私隐的痛楚……

这一较量,从不重复,在《塞缪尔·伍德之歌》中以亦古老亦新颖的诉讼形式出现,更加不容置疑。

他用意识的双眼看见

人们所说的难以对付的男孩

回来审判那个背叛他的人。

较之防卫,更是辩护

炫耀既得的智慧。

(冒着接受黑格尔的忧郁和平的危险)

但是,为什么孩子使之困扰?为什么他要受人审判?因为,作为孩子,总是在出生,他还拥有审判的权力和自由的权力,这暴露了孩童时期的暴君的欺骗。

同样因为,法官和嫌犯一直是孩子,无法让其审判的目光变得温和。在他的心里,年轻的骄傲、艺术、清醒、快乐圣地,从未丢失。艺术将自己的特长遮盖。在快乐的圣地,"他"(这个他并不知道是谁)必须重新开始倾听和宣告

## 前　奏

裁决。

我们最终没有达到年龄的极限。

这(又)是一个谜团,童年奇特之谜——童年,知道的更多,因为任何回答都不会符合孩子的要求,大声地宣告——迷人的声音,热衷于安静,总是克制的安静——**拒绝效命**,在极端的困境中光荣地拒绝。

尽管不希望,也不能够结束。此刻,我相信犹太教阿西迪姆一位大师,拉比·纳曼·德·布雷斯拉夫(他总是拒绝被称作大师)的话语。

"禁止老去"!

人们最先能够听到的是:禁止放弃新生,禁止满足于一个不对问题提出质疑的回答。——这个回答,最终(但是没有结局)只是为了删去文字才进行写作,或者更确切地说,是通过删除本身来进行写作,现在是穷尽的和无法穷尽的整体：**消失**不会减弱。

这样，他终于写出了私密的著作，只是为了将其焚烧而写的书。而他，作为《燃烧之书》(*Livre Brûlé*)①的作者也声名大作。

但是，他是既不谦逊也不夸张地赋予其神圣结局可能性的，或许是一个神奇的光辉的缺陷。

这种可能性，我想路易-勒内·德·福雷回绝了。唯有出生在前赴后继，也就是说，总是**有**出生进行，亏欠自己的出生，最终的非存在才能够阻止。让缺乏的安静许愿，借助于愿望，即便缺乏，维系着恩惠的赠与和赠与的恩惠，微笑、眼泪、野蛮，或许**机会**，终于在突然间来了，却无济于事，确切地说，因为这种可能性唯有逃避和拒绝一切使用和运用才能成为机会。

---

① 我参阅了马克-阿兰·瓦克南(Mare-Alain Ouaknin)的书，确切地说，书名为《燃烧之书》，该书不仅描述了犹太教的阿西迪姆文化，还构成了著名的《塔木德》(又称《犹太法典》)阅读的前言。

前　奏

我们别忘了诗歌是塞缪尔·伍德的作品。难道是虚构？为了把责任归于其他人。他者，即非真实的真实。难道是另一个声音？作者时不时才能听得到的声音，或者他逃避的声音，为了他的秘密不被泄露。最深邃、最悲惨的真相不要说出来。如果从来都没有最终的回答，而是持续不断地争辩，我一直惊讶于某些几乎平息的瞬间，负面不会胜利。于是，在下面三句诗句中，似乎摆脱了虚无主义的诱惑：

不，是某些更晦涩的东西，

温柔，让声音哽咽

谨慎的友谊的义务。

接下来的十句诗句如此强烈，"结局"恢宏，无可匹敌。就此向《来自别处的声音》(Une voix venue d'ailleurs)致敬（或许是塞缪尔·伍德或无名氏的声音）。这声音无可使用，即便和梦魇一样虚幻，自身拥有某些持续的东西／甚至在意义丢失之后。为什么？因为"它的**声调**（我强调）依然在远处颤动,仿佛暴风雨／人们不知道它是近了还是远了"。

声音、音色、音乐。难道问题没有**强拍**的回答,就是通过这些字词展现出来的?强拍:即使非主动性地被听到,他也能够以多样的形式向我们展示。首次,又是黑格尔,如果只有在最后的时刻,死亡的时刻,或者是通过死亡,我们才能够从概念的意义上重新抓住开始,即出生:强拍当时取消了时间的直接性,极乐中的忧郁或许也从中消除了。

**强拍**:或许不同的是追溯对回归的期盼。在追溯之中,现在忽隐忽现。现在,因为从未出现过,而总是在丢失。

最终,我求助于路易-勒内·德·福雷如此神奇、如此模糊的经历。我只发现了其中的一些只言片语。存在只有自认为远去的时候才能够得到发展,以至于出生永无止境地继续,不停地超越。倘若对他而言,出生的快乐与不

## 前　奏

幸总是隐藏在存在的深处,我们可以认为,婴儿的安静一直是言语的动力,如同非存在不会在存在中消除,即便它似乎和存在一起在糟糕的**有**的反复中进行变位(存在认为获得了非存在,但是非存在的出生顽固地坚持着——奥斯蒂纳多——还没有暴露自己的秘密)。

这个术语源自古希腊,但在19世纪的时候有了技术方面的意义(是被错误地按上了技术意义)。为了使用这个术语,我理解路易-勒内·德·福雷的经历(强拍),就像是一种前奏。在希腊人看来,弱起小节或许是一个简单的前奏,例如诗歌的前奏。在19世纪的范例中,情况变得复杂:最早的情况,开端没有任何意义,或者,一个音调非常微弱,好似缺失,从此开始持续,或者不再持续。因此,在这个音调之后,或者从这个音调开始,音调升高,有时候直至某段奇妙的声音,或者如此强烈奔放的声音,以至于唯有回落——跌落——至一段新的沉默。前段与后段如此迁移,不固定在某个既定的地方,即便训练有素的耳朵也未能听到其中混入了某些杂乱。

## 来自别处的声音

最早的或最后的童年预言如此经历了——在最早的情况中——依然是动物的或者已经是人类的安静-尖叫。它具有了这个最初的安静特征(但是它是最早的吗？在非存在的先成中难道没有——虚无的祖国或母性——安静的、最私密的、最含蓄的交流?),安静,它被**献给**安静,通过一个不可能的挑战,它许下了一个**愿望**。安静以参与合奏的方式构成音乐,它无法解释地打破合唱壮观的激流。合唱的声音如此美丽(但不再美丽),以至于安静回到它的周围,以使在其令人晕眩的逐步上升中能听到的唯有合唱的声音,安静重新回落,如此绝对,以至于在狂热记忆的后倾之中永远都无法找到它,一切皆是徒劳①。

消失是出现的先兆,后者或许有些荒谬的苦痛便在此。对声的灵巧徒劳地模仿着强拍。

---

① 现在,我们重新发现了被言说的歌曲,就像声音的开端,第一个音符产生了——未产生,嘴唇依然紧闭;紧接着,第二个音符,嘴刚刚张开,开始、停止,如同呼吸;第三个音符,与诗歌的第一个词相吻合,第一个被唱出来,带有更大的力量,第一个离开非音乐的范围。因此,如同缄默(羞愧?)等待歌唱,使歌曲与话语以及"紧闭的言说之嘴"相调和,安静冲入声音之中,构成声音的音色。同样,在"荒谬的记忆"中,合唱团的孩子,不放弃缄默,唯有不歌唱才能首先开始歌唱,"从嘴边开始"歌唱,或者只是模仿声音的努力,直至那一刻,一个眩晕的攀登、一阵狂风、一束超越天空达到极致的闪光来到歌声之中。

拉斯科的野兽

我想强调的是,这篇文章最早在书刊中发表是在1958年,由伽利玛出版社(Gallimard)发行。现在再版并非对此前的否认,而是通过转瞬即逝的记忆,向勒内·夏尔、居里·列维·马诺的友谊致敬。他们的诗歌,于我们,如同瞬间的永恒。

**莫里斯·布朗肖**

## 无名的野兽

无名的野兽结束了兽群优雅的行走,如同一个狼吞虎咽的巨人。

八句戏言成其装扮,劈其疯狂。

乡野之间,野兽虔诚地打着嗝。

即将分娩的腹部满是忧郁。

从蹄足到无谓的自卫,被恶臭包裹着。

拉斯科檐壁里,乔装的母兽如此出现在我的面前,
双目噙满泪水,闪烁着智慧。

勒内·夏尔

在《费德尔》中,为了进行批判,柏拉图提及一个奇怪的语言:这里,有人在讲述,却又没有任何人在讲述;这是一段话语,但是,它所言说的内容,却并非它所想的。它总是在言说着相同的内容,却又没有能力选择自己的交谈者;若是他们向它提问,它也没有能力回答;若是他们攻击它,它也没有能力实现自救:命运迫使它盲目地从四面八方涌来;命运,迫使真相成为机遇的种子;将真实托付给它,事实上,就是将它托付给死亡。因此,苏格拉底建议人们尽可能地远离此类话语,就像躲避某种危险的疾病;他建议人们要相信真正的语言,即口中说出来的语言,此时,话语才确信在将它表达出来的存在中找到了活生生的保障。

书写的话语:死亡的话语,遗忘的话语。对文字的这种极端不信任,柏拉图同样分享了,它指明什么样的疑虑、哪些问题能够促使书面交流的重新使用:这是个什么样的话语?在它的背后没有真正的、关心真相的人进行担保。此处已经迟到的苏格拉底的人道主义与他不否认、却以一个强烈的选择所拒绝的两个世界保持着相同的距离。一方面书本中的非个人知识并不要求得到唯一思想的保证。这个唯一的思想从来都不真实,因为它只有在所有人的世界中,甚至只有通过这个世界的降临,才能构成真实。这样的知识与千姿百态的技术的发展紧密联系在一起,使话语、文字成为一门技术。

但是,苏格拉底驳回了书本的非个人知识,他同样否决了——尽管加注了更多参照——另一种非个人的语言,纯粹的话语与神明保持融洽。他说,我们不再满足于倾听橡树的声音或石头的声音。"你们这些人,现代人,你们希望知道是谁在讲述,他来自哪个国家。"[①]因而,所有与书写

---

① 莱恩·罗宾(Léon Robin)的译本,七星出版社(la Pléiade)。

相反的,同样使得颂歌朗读出的话语信誉扫地。无论是诗人,还是诗人的共鸣,诵读只是不断超越自身的语言不负责任的工具。

在这方面,写作神奇地与散文的发展联系在一起。当诗歌不再是陈述必不可少的方式时,从本质上而言,写出来的东西似乎与神圣的话语相接近。它似乎从作品中抓住了其奇特之处,继承了其出格、危险和力量,后者免于任何计量,拒绝一切担保。正如神圣的话语,所书写的内容不知从何而来,无作者,无来源,因此,反映了某些更原始的东西。在书写的话语背后,没有任何人出现,但是话语把声音交给了缺席,如同在神灵讲述的神谕中,神灵本身从来没有出现在他的话语中,在讲述的是神灵的缺席。神谕也好,书写也好,都不能为自己辩护,不能自我表达,不能自我保护:没有与书写之间的对话,没有与神灵之间的对话。苏格拉底惊讶于这个在讲述的安静。

面对书写的作品的奇特,它的苦恼最终成为其在艺术作品面前所经历的苦恼。艺术作品不寻常的本质唤起了它的怀疑,甚至是蔑视:"书写中糟糕的,或许是费德尔,他与绘画中的相似——他的后裔难道不会像活生生的人物那样自我介绍,当人们向他们询问的时候,他们难道不会保持庄严的沉默?"打动他的,在他看来"糟糕的",和绘画中一样,是书写中的安静,庄严的安静,非人道的沉默,让神圣的力量在艺术中颤动。这些力量,通过憎恶和恐怖,使人们来到陌生的地区。

面对艺术的安静如此惊讶,话语爱好者的这份痛苦,忠实于活灵活现的话语之人的这份痛苦,没有什么比这些更惊人的:这一切,拥有永恒事物的不变性,却只是表象,它讲述真实的东西,但是在其背后,却只有空白,只有讲述的不可能性,以至于此处的真实没有任何东西来支撑,看似没有基础。这一切,是那些看似真实的东西的丑闻。它们只是画面,通过画面和外表,吸引深度中的真实。在此深度中,没有真实,没有意义,甚至没有错误。这一切是什么?因此,柏拉图和苏格拉底,在同样的篇章中,抓紧使文字和艺术一样成为消遣。在消遣之中,严肃并没有被损害,人们会将其保存到消遣时光之中,仿佛人工打造的微型花园，为装饰节日而生的花坛，被称之为阿多尼斯之园。因此书写的话语，"书卷"，只是"书写文字的花园"，至多就是能够追溯作品或知识的事件，任何地方都不需要发现的工作。我们从中看见苏格拉底通过让写作接近庆祝，使其重新接近神圣。庆祝打断了那些为了将真实引入神灵与人类相会之时而献身于真实之人的艰苦的活动。节日即相会之时。只是，古代的野蛮只是可爱的微型花园，正如节日只是娱乐。

有时候，我们会寻思勒内·夏尔——与我们的命运紧密相连的诗人，为什么感觉自己与赫拉克利特的名字如此亲密，如此接近？他甚至提起赫拉克利特胜利的形象，"深邃的目光"，"骄傲的、坚韧的、焦虑的天资"①，但是他那么多的作品和诗歌的光芒，通过更直接的召唤，将这一切展示在我们面前。他的诗歌似乎被局限于纯净光辉的利刃、

---

① 《赫拉克利特·戴菲斯》(*Héraclite d'Éphèse*)的前言，伊夫·巴蒂斯蒂尼(Yves Battistini)的新译本，艺术出版商出版社(Cahiers d'Art)。

决定的中断。

赫拉克利特的两个思想或许将会给我们开启一个回答。什么使神谕的非个人话语成为危险和丑闻,赫拉克利特从中辨认出语言真正的权威,他以某种方式回答苏格拉底:"上帝的神谕在德尔斐,他既没有表达什么,也没有掩饰什么,却已经指明。""指明"这个词在这里让人想起它的形象力量,即手指轻轻地指引,"食指的指甲被拔去",它什么也没说,什么也没隐藏,就开启了空间。或许,苏格拉底是正确的:他所希望的,不是一个什么都无法言说的语言,不是背后什么都无法隐藏的语言,而是一个坚定的话语,因为存在而得到担保:可以用来交流并且是为交流而生。他所信任的话语始终是某人某物的话语,二者均已经流露,已经出现,而不是正在开始的话语。因此,不拘形式地,带着不可否认的谨慎,他放弃了一切转向起源的语言,同样放弃了神谕和艺术作品。艺术作品将声音置于开端,召唤最初的决定。

起源所讲述的语言,从基本上而言是先知的。先知,并非指其能够预告未来的事件,而是指这语言不依赖某些既存的事物,不依赖现行的真相,也不依赖已然说出或是已然得到确认的唯一的语言。语言,因为开始而进行宣告。它指明未来,因为它还没有言说。未来之语言(langage du futur),在这方面,正如一门未来的语言(un langage futur)总是被自己超越,它唯有在自己的前面才拥有意义和合法性,也就是说它完全不合理。这就是古代女预言者(la Sibylle)不合情理的智慧,千百年来,它让人们倾听,因为从未被听见。这语言开启了延续,它撕扯着,开始着,没有微笑,没有装饰,没有胭脂,将最初的话语赤裸裸地托出:"女预言者,唾沫四溅,千百年来,让人们倾听她的话语,无需允可,无需装饰,无需胭脂,让人们记住她的神谕。因为这是神明的意志。"

在微乎其微的线条中抓住诗歌的力量,如同在勒内·夏尔的作品中显现出来的一般,倘若我们认为这是有益的,我们只需说,诗歌是这个未来的、非个人的、欲来的话语。在开始的语言决策中,它和我们亲密地谈论在离我们最近最亲密的命运中押注的人。这尤其是预感之歌,诺言之歌,觉醒之歌——唱的不是明天会是什么,也不是幸福或不幸的未来在我们面前表露了什么——而是在预感所坚持的空间里,它将话语与飞跃坚定地联系在一起,通过话语的飞跃,坚守着更广阔的地平线的降临,第一天的肯定。未来是罕见的,即将到来的每一天并非开启的某一天。更加罕见的是在寂静中保留即将到来的话语,在最接近我们的结局之处,让我们转向开始的力量。在勒内·夏尔的每一部作品中,我们都听到诗歌在宣告誓言——在焦虑和不确定之中,将诗歌与其未来联系在一起,迫使它从这个未来开始言说,从而提前将话语的坚定和诺言赋予这一到来。

《最初的磨坊》有言:"诗人在寻找的过程中,搁浅在岸边,唯有在原处慢慢等待。"《形式的分割》有云:"一旦证据崩溃,诗人便回报以未来的喝彩。"在《毁灭之诗》中有记载:"诗歌,重新定性人之内部的未来生活。"《早起者》一书的名字就是对"最早起床者"的呼唤:"我们之前的这个征服不定的征服与保存,低声地抱怨着我们的毁灭,将我们的失望转移。"或许在他最近的一部作品中,这一结论更加尖锐:"此刻,我距离契合线和终点,并不遥远。在那里,我思想中的所有东西将通过融合而成为未来的空缺和承诺——这个未来并不属于我。我请求您赋予我安宁和休憩。"①

在未来的安静中结束,确切地说,题为《情书》的诗歌令人震惊的运动现在确切地发生了。在这首诗歌中,爱情的空间与自由,诗人深情的内心,带着未触碰过的词语的朴实,来到我们的面前。尽管如此,在这里与我们交谈的,却还是诗歌自身,在热情的面孔之下与我们交谈。谈论的内容依然是未来的本质,是它的急不可耐——急不可耐地来到最真实、最炙热的此刻:在这方面,它与希望联系在一起。希望,与之相同,是瞬间的灼伤里所有未来的骚动。它们永远联系在一起,正如《孤独依然》中所述:"诗歌,是一直作为希望而存在的希望中实现的爱情。"就像《情书》里的文字所证实的那样,诗歌似乎希望在光线的后面,抓

---

① 《致激怒的安详》(À une Sérénité crispée),伽利玛出版社,1951。

住强烈的开放,更独特的缺口。通过这一缺口,一切都在闪耀、苏醒、互允:"(更加凹凸有致、更加啮合的)比光线更美之物的所有出口、所有渴望都出现了。"①

但是那里仅有一些标记。还必须明确的是:诗歌,似乎即将到来,诺言、开始的决定向其承诺,诗歌坚持这个有些简要的话语,我们可以说,难道它是制止的挥霍、来源的完全和慷慨?"时间陛下!疯狂的草!强大的步行者!"话语不重复,不使用自己,不说已经出现了的事物,不是苏格拉底的对话中坚持不懈的反反复复,而是如同德尔斐之神的话语,她什么都没说就苏醒并唤醒的声音,时而尖锐,时而苛刻,从远处而来,呼唤远方。

因此,坚固将话语树立起来,在坚韧的反抗中坚持着话语。就在这份坚固之中,话语将诗歌与最大的危险联系起来,将它托付给这份危险。"巨大的危险"中的这份信任,让我们自己的处境变得清晰。这份信任,恰恰让诗歌

---

① 《情书》(*Lettera amorosa*),伽利玛出版社,1953。

经历了这份经历。话语一旦说出,它就必须毫无保障、毫不确定地属于未来才可能拥有的自由。

言简意赅的话语,向自身的焦虑关上了大门,它质问我们,牵引我们,有时候似乎将诗歌和道德联系在一起,似乎告诉我们我们被期望的,是话语本身就是刚刚开始时的指令。开始的话语,尽管是最温柔、最私隐的行为,但因为它无限地超越了我们,它动摇得最激烈,要求得最多:正如最温柔的日出宣告了第一丝光明出现的粗暴,来自神示的话语就是这样,它什么也不授意,什么也不强迫,甚至什么也不说,却让这份安静变成了野蛮地指向未知的手指。

当未知对我们质疑的时候,当话语向神谕借声音——这声音不谈论此刻,却迫使倾听之人竭力摆脱现状,以求回归自己,仿佛还未成就的自己——的时候,这话语往往偏执、傲慢、苛刻,无视我们,将我们从自己那里夺走。先知和幻觉者讲述的时候带着更加艰涩的权力,因为讲述之人对它们一无所知:这种无知使其害羞,使其专横,赋予其声音更多的严厉和光芒。

是诗歌的幸运,能够免于先知的偏执;勒内·夏尔的作品,带着我们所不知的纯洁,向我们所展示的,正是这种幸运。它那么遥远地向我们讲述着,缺失带着一种含蓄的理解,使之与我们如此接近——拥有非人称的力量,但是它向我们召唤命运的忠诚。这是一部紧张却坚毅的作品,激烈而平缓,活力四射,以瞬间的爆发性的简洁,将一种画面和肯定的力量集于一身,这种力量"摧毁"了诗歌,却保持着缓慢、持续和流畅。

这一切源自哪里?它所谓的开始,却是通过向着起源漫长、耐心而安静地接近,在万物的生活深处,向万物敞开心扉,如此开始。自然,在这个方面,是强大的;自然,并不仅仅是结实的土壤之物、阳光、水、绵延不断的人类的智慧,甚至不是任何东西,不是宇宙万物,不是宇宙的无穷,而是在"万物"之前已然存在之物,即刻和遥远,比任何真实之物都更加真实,被遗忘在万物之中,我们所能够维系的联系通过万物建立起来。在勒内·夏尔的作品中,自然是,这段起源的经历,正是在这段经历之中,自然被置于自由喷射之处,置于时间缺乏的深处,诗歌唤起了其觉醒,成为开始的话语,成为开端的话语,未来之誓言的话语。因此,它并非预言,极具挑衅地如先知一般地冲向时间,将未来固定和联系,亦非占卜师的话语,如兰波的"过度的"方式,而是"具有先见之明",如同人们将万物深刻的生命和自由的交流确定下来,捍卫之,保障之,使之适应气候。"伟大的先知们总是先于某一气候,时而将其稳固下来,却无法走在事实之前。他们最多就是能够从气候中演绎出事实,勾勒出虚幻的轮廓,倘若他们存有顾虑,就会使之枯萎。将会发生之事,如同已经发生之事,沉浸在某种沉浸之中。""在我们身边重新建立起这种无限之人,真正为我们而成的密度,从四面八方并非神妙地将我们淹没。"(《致激怒的安详》①)

倘若在勒内·夏尔的作品中,诗歌的话语令人想起赫

---

① 这种"浸没"的"无限",甚至是歌曲的空间,赋予万物生机,《形式的分割》如此阐述:"在诗歌之中,唯有从交流和一切事物的自由安排开始,我们能够获得我们最原始的形式和财产。"

拉克利特的作品中思想的话语,正如它向我们传达的,我们似乎将之归因于这个与起源的关系,或彼此之中的关系,并不完全自信,亦不稳固,却是激烈的。色诺芬,或许比赫拉克利特更年轻,但是如同那些带着嘲笑的温柔之人,柏拉图称之为老者。他是这些流浪的行吟诗人之一,他们从一个国家到另一个国家,靠其吟诵的诗歌谋生;只是,吟唱其诗歌之人,是思想,是话语,它拒绝了神明的传说,严厉地质问、询问,以使倾听之人亲见这一奇怪的事件:哲学在诗歌中的诞生。

在艺术的经历和作品的诞生之中,那一刻仅仅是一个模糊的力量试图打开,试图关闭,试图在开启的空间之中兴奋,试图藏匿在隐藏的深处:作品是不可调和的、不可分离的时刻,是制造权力的作品尺度与期望不可能的作品过度之间撕裂的交流,是作品被抓住的形式与其所拒绝的无穷之间撕裂的交流,是如同开始的作品和并无作品的起源之间撕裂的交流,永恒的闲散控制着作品。这一对立的激动建立了交流,正是它将最终采取阅读和写作要求的拟人形式。思想的言语和诗般的歌曲中所展开的言语正如这最初的对话

## 拉斯科的野兽

所采取的不同方针,但是,在不同的方针之中,每次它们放弃平静的形式,追溯自己的起源,在愈加模糊的苛求之间这愈加原始的战争似乎就重新开始了。可以说,所有诗歌作品,在其诞生的过程中,都回归这最初的争议;甚至,作品一旦成为作品,就永远地处于其永恒的诞生深处。

勒内·夏尔的作品,和赫拉克利特的零碎片段一样,我们时不时见证的正是这个永恒的形成,是先过去近旁的艰涩斗争。此处,思想的透明得见光明;相同的话语承受着双重的力量,似乎因为思想裸露的安静而光辉熠熠,似乎满是逼真的、连续的深奥,其中,什么也听不到。橡树的声音,格言严厉而难以理解的言语,我们正是这样讲述,最初的话语,"双目噙满泪水,闪烁着智慧",勒内·夏尔看着拉斯科的檐壁,辨别出了"无名的野兽"[1]的形象。奇特的智慧,对于苏格拉底太古老,又太新颖,然而,尽管不适已经远去,我们必须相信它并没有被排除在外,它只会接受一个活生生的人的出现,不会为了坚守话语而白白死亡。

---

[1] 《峭壁和草原》(*La Paroi et la Prairie*),伽利玛出版社,1952。

最后的言者

柏拉图:"对于死亡,任何人都一无所知";保罗·策兰:"任何人都不会为证人作证"。然而,我们总是为自己挑选一个伴侣:并非为我们自己,而是为了某些存在于我们身上,却又存在于我们之外的东西。它需要我们对自己感到匮乏,从而超越自身无法抵达的界限。伴侣此前早已缺失,这一缺失,甚至从此就处在我们的位置之上。

去哪里寻找证人?没有见证人的证人。

## 一个在沉默中逃避的我

与这些孤立的词语

重新相遇:

石头的坠落、坚韧的蒲草、时间。

此处,对我们言说的东西,经由语言的无限张力和集中性,来到我们的身边。语言的集中性,即,将一个又一个词语,强迫性地固定在一个并不统一的整体之中。这些词语自此紧密联系在一起,从而构成其本意之外的含义,仅仅有所指向。这些诗歌往往非常短小,节奏精炼,意义无穷,词组和句子似乎被空白包围着。其中,与我们进行对话的,在于这些空白、停顿和沉默,并非允许读者换气的停顿或间歇,而是属于同样的规则,只是准许稍微的放松。这一非动词的规则,并不专用于意义的约定。如同空虚并非一种缺乏,而更是一种饱和,一种被空无填满了的空无。然而,我首先研究的,或许并不是这个,而是这样一种语言,往往如此艰涩(如同荷尔德林后期的某些诗歌),即便算不上艰涩——那也是尖锐的,超越了歌曲,有点尖锐的声音——但这种语言从来不会产生粗暴的话语,不会伤害他人,不会怀有任何挑衅或破坏的意图:为了保护他人,或是为了"将一个由晦涩带来的符号保存",自我的毁灭仿佛已然发生。

这种语言趋向于什么?*Sprachgitter*,语言栅栏:言说,会在栅栏——监狱的栅栏——背后坚持着吗?穿过这道栅栏,外面世界的自由得到承诺(或被拒绝):雪花、夜晚、有名或没名的地方;或者,言说,会让人相信自己拥有这道栅栏吗?这道栅栏让人渴望拥有某些东西,可以在意义或真相不受拘束的幻象中辨析并自我封闭。在那里,在踪迹不会欺骗的风景里?但是,正如写作以一个物体的形式被解读,以一个凝结于此物或彼物的物体之外的形式被解读,不是为了指示物体,而是为了在一直勇往直前的词语的波浪运动中记录下来。外部难道不是作为一种写作来被解读的吗?一种毫无关联、总是已然外在于自身的写作:草,被外在于彼此地书写。或许求助——一种求助,一种呼喊?——就是超越语言的网络(眼睛,栅栏之间的眼圈),期待一个更宽广的目光,一种看见的可能性,而不带

有任何指明目光的词语:

> 不再读——看!
> 不再看——走!

因此(或许)目光,总是处于运动的视觉里,与运动相关联:仿佛重要的是要追随眼睛的呼唤,这些眼睛超越了可以看见的范围,看见了更远之处:"盲于世界的眼睛""被话语淹没,以致视力丧失的眼睛",这些眼睛(或拥有自己的位置)"在一系列死亡的裂缝中"注视着。

> 盲于世界的眼睛,
> 死亡的裂缝中的眼睛,
> 眼睛,眼睛:
> 不再读——看!
> 不再看——走!

漫无目的的运动。总是最后的时刻:

走,你的时间

没有姐妹,你——

在那儿,回来了。


然而,运动不曾停止:回归的断言仅仅是使之更加贫乏,转动的轮子缓慢地运动,洒向黑暗之地的光线,或许是夜晚,星星的黑夜之轮,但是


夜

绝不需要星星,


正如


无处

需要你。


外部:眼睛——与人分开的眼睛——聚焦之处,人们可以认为是孤独的、非人的眼睛:

最后的言者

不曾中断的光线、黄色的淤泥

从这里,从那里,晃动

在大行星的后面。

虚构的

目光,亲见的

伤疤,

在太空纵横中割破,

眼睛

这眼睛,脱离躯壳,缺乏交流的能力,游荡着,

世俗的嘴巴

在乞讨。

点缀永恒的眼睛("布满眼睛的永恒屹立起来");因此,或许是自我蒙蔽双眼的渴望:

从今天起,遮蔽你的双眼:

即使永恒里布满了眼睛

但是,不看依然是看的一种方式。对眼睛的痴迷指示的是与可见之物完全不同的东西。

向梦之门打开

为一只孤独的眼睛而斗争。

在我们的眼睛之旁,将

还有另一只眼睛,

陌生的:沉默的

在石头的眼皮之下。

哦,这陶醉的眼睛

在四周,如我们一样

在这里游荡,时不时

坦率地看着我们,震惊地。

那里的昏暗

被眼睛猛烈地击中。

眼和嘴,如此张开,如此空荡,神啊。

你的眼睛,如石头一般盲目。

花——盲者的词。

最后的言者

歌：

目光的声音,在合唱团里,

你在,

你的眼睛所在之处,你在

高处,

低处,我

转向外部。


在空气中,它的根部依然在那儿,那儿,

在空气中。


我们在空气中挖掘坟墓

为了让我们在那里不致局促


在那外边

其他世界的旁边


……在外面

在非国家和非时间（意外）里……

与外部的关系,从未被给予,运动或临近的尝试,无联系无根源的关系,不止是经由空洞眼睛这个虚空的卓越而指出,且由保罗·策兰在他的散文选段中明确指出,正如其可能性:与万物进行言说。当我们这样子与万物言说的时候,我们总是在对它们进行询问,以便知晓它们从何而来,又将归至何处,总是开放的、无止境的问题指出开放、空白、自由——在那里,我们与外部相去甚远。诗歌所追寻的也正是这个地方。

这一外部并非自然——至少并非荷尔德林所谓的自然——即便它与空间、世界和星体联系在一起,还有一个时而光辉闪耀的宇宙符号,远处之外,依然深情的远处,借助于一些坚持回归的词语(或许是我们阅读的魅力所选择的)——Schnee(雪)、Ferne(远方)、Nacht(夜)、Asche(灰烬)——抵达了我们。回归,就像是为了让我们相信一种与现实或物体的关系,强大的、柔软的、轻盈的,或许是殷勤的,但是如此的印象很快偏向石头(这个词几乎一直在那儿)、粉笔、石灰岩、沙砾的冷漠,雪花,贫瘠的洁白总是更白(水晶、水晶),没有增加:存在于无底之底部的洁白:

## 最后的言者

白,

为我们而动,

没有重量,

我们进行交换。

白,轻:

任其飘忽。


形如翼般的夜,从远处而来,此刻

伸展在

白垩与灰岩之上。

火石,滚落至深渊。

雪。总是更白。


Schneebett,雪床:这名字的温柔没有引入任何可以安慰的东西:


眼睛,盲于世界,在死亡的缝隙之中:

我来了,

一次内心的艰难成长。

我来了。


世界,各式各样的水晶


气息的水晶


吸引,召唤坠落。但是我并不孤独,它来到我们之中,这两者的跌落联合起来,直至现在,甚至跌落之物:


我们两者之下的雪床,雪床。

水晶包围着的水晶,

我们坠落,交错于时间深处,

我们坠落,躺下,坠落。


我们坠落:

我们曾经是,我们现在是。

我们是,肉与夜,在一起。

在小道上,小道上。

最后的言者

你可以毫无忧虑地用雪喂养我:

这两者的跌落标志着一种总是被定向、被磁化了的关系。这种关系,什么也无法打破;这种关系,孤独还可以支撑:

我还可以看见你:回声
因词语的触碰而实现,
在永别
之际。
你的面孔轻微地畏惧,
当,突然
一束灯光
射到我的身上,在那里,
人们怀着最大的痛苦说:绝不。

痛苦只是痛苦,既无要求,亦无怨恨。

(在气息的垂线上,

那么,

比高处更高,

在两处痛苦的结节之间,

然而,鞑靼人洁白的月亮爬向我们,

我隐藏到你那里,你那里)。

这括号中的内容,仿佛间隔保存了一种思想。其中,全部缺席,但它依然是一份馈赠、一段回忆、一次共同的实现:

(倘若我曾如你一般。倘若你曾如我一般。

我们难道没有一起站立

在同一阵风中?

我们是陌生人。)

我是你,当我是我的时候。

Wir sind Fremde:陌生人,两个完全陌生的人,已然共同承担着距离的错乱,这距离使我们完全偏离了彼此。我们是陌生人。正如,倘若存在安静,两份安静塞满了我们

的嘴巴:

两张
满是安静的嘴巴

如若可以的话,让我们记住这句话:两份安静塞满了嘴巴。

那么,我们是否可以认为,在保罗·策兰的作品中,诗歌的断定或许总是偏离希望,正如偏离真相(但总是在向着二者中的某一个前进),还留下了某些东西,即便不是期望的东西,也是思索的东西,通过一切昏暗之中突然闪亮的简短语句来实现:夜晚不需要星星(……)一颗星星依然拥有光亮。

因此
寺庙依然屹立。一颗
星星
依然拥有光亮。
无,

无任何东西丢失

和——

撒那。


……我的——诗歌

百种语言写成,接着无。


因此,即使我们用其在原始语言中拥有的艰涩硬度,说出这个大写的**无**,还是可以补充的:无任何东西丢失,以至于无或许是在丢失中得以表达。希伯来狂欢的喊叫被一阵呻吟分隔开来。

又一次:


是的。

风暴,

漩涡,有

剩余的时间,

待在石头周围感受——它

热情好客,它

最后的言者

不禁言说。

我们多么幸福：

或别处：

有待（余留）可歌

带着这样的终曲：

被禁的唇从嘴巴上夺去
宣称
某些事情还会发生，
离你不远。

极其简洁地书写的语句，旨在坚持于犹豫不定之中，它坚持着，支撑着，交错着，希望的运动和悲苦的静止，不可能的苛求，因为这源自被禁止的，唯一被禁止的，待言说之物能够带来的：这面包要用书写的牙齿来咀嚼。

是的，甚至在虚无统治之处，甚至当分离进行之时，关系并未中断,即便它被打断了。


哦,这空白的游荡的中心,

热情的。分离的,

我跌落至你处,你跌落

至我处……

于百花之中,我们曾经什么也不是,现在,将来

依旧如此:

什么也不是的玫瑰,

不是任何人的玫瑰。


这一点,必须在其艰涩中重新接受:


……我们并非真的活过,

我知道,

只是一阵气息盲目而过,

在那里与非那里之间,有时……

我知道,

我知,你知,我们曾经知道,

最后的言者

我们不曾知道,我们

曾在那里和非那里,有时,

只需,我们之间

树立起虚无,完全地,

我们发现

彼此团结。


因此,在穿越沙漠的过程(进展)中,总是存在着一个自由的词语,仿佛为了隐匿于此,我们可以看见,可以听见:在一起。


眼睛,盲于世界,在死亡的缝隙之中:

我来了,

一次内心的艰难成长。

我来了。


深深地

于世间的裂缝中,

在冰的附近

等待,气息的水晶,

来自别处的声音

你不可置疑的

证词。

痴迷的我重新阅读这些词语,它们经常被书写在魅力之中,在底部的深处,在彼世的矿藏之中(In der Jenseits Kaue),存在着夜晚,这夜晚播种和分派,仿佛还存在着另外一个夜,较之更深的夜。夜晚存在着,但是,在深夜里,还有眼睛——眼睛?——目光所及之处的疤痕,它们召唤,它们吸引,因此必须回答:我来了,我带着一次内心的艰难成长而来。来到哪里?来,无处,唯有那里——死亡的缝隙之中——不曾中断的光线(并不明亮)令人着迷。*Im Sterbegeklüft*。并非唯一的断层或缝隙,而是一个无限连续——系列——的裂缝。某些东西打开着又没有打开,或是打开着,又总是再次关上,并非深渊的大开,唯有滑入这无边无际深不可测的真空,甚至是被这些狭小束缚的裂缝或缝隙。虚弱的紧束通过不可能的深入将我们抓住,并不允许我们坠落,依据自由落体运动而坠落,即便后者是永恒的:或许这就是死亡。死亡之心艰涩地成长,没有证人的证人,策兰赋予了它声音,将之融入浸满夜的声音,声音不再存在之时的声音,唯有一阵迟到的簌簌声,外乎于时间的声音,作为礼物奉献给所有的思想。

……死亡,

一位来自德国的大师

死亡,话语。在策兰的散文片段中,他肯定了自己的诗歌谋划,但从不明确地放弃一个谋划。布莱梅的演说中如是说:诗歌总是在路上,与某些事物构成联系,趋向某些事物。向着什么呢?向着某些保持开放着的且可以被居住的事物;向着一个**你**,人们可以对其言说的你;向着一个接近话语的真相。正是在这篇简短的演说中,策兰带着相当的简洁和朴实暗示不让他用这种语言作诗的可能性对他而言——并且,通过他,对于我们而言——意味着什么。他运用这种语言创作诗歌,死亡经由这种语言向他走来,走向他的亲人,走向数百万的犹太人和非犹太人。没有回应的事件。在不得不失去的所有一切之中,这唯一的一个可达到的、亲近的、未失去的东西:语言。语言,它,一直没有失去,是的,不顾一切。但是它必须穿过自己缺乏的回应,穿过一个糟糕的沉默,穿过致命的话语厚重无比的黑暗。对于已然发生的事情,它没有给出任何词语便穿过了。但是,它穿过了**事件**发生的地点。穿越,得以重新返回白昼,经由这一切而变得丰富。正是在这一语言中,在这些年和后面的那些年中,我努力写诗:为了言说,为了给自己指明方向,为了知道自己处于哪里,为了知道应当去哪里寻找某个为我呈现的真实。我们所见的,是事件,是运动,是进程;是为了赢得一个方向所作的尝试。

言说,你也一样,你是最后的言者。这就是一首诗歌——或许我们现在可以更好地理解——所赋予我们阅读和生活的。它使我们能够从中抓住诗歌的这一运动,正如策兰向我们建议的,几乎是具有讽刺性的建议的——诗歌,女士们,先生们:这种无尽的话语,死亡徒劳的话语,独一无二的虚无的话语。让我们诵读这首诗歌,它以痛苦的方式为我们带来如今早已尘封的沉默:

言说,你也一样,

言说最后的言者,

## 最后的言者

诉说你的言语。

言说——

然而,不要将是与非分离。

同样赋予你的话语以意义:

赋予其阴影。

赋予其足够的阴影,

赋予其同样的阴影

如你周围一样,你延伸至

子夜、正午、子夜。

注视四周:

看周围变得多么生机勃勃——

在死亡之中!生机勃勃!

诉说真实,言说阴影。

看你所处之处变得多么狭小:

如今,你想去哪里,缺少影子的你,何去何从?

上来。在摸索中,上升。

更加消瘦,更加难以辨认,更加灵敏!

你正在改变,更加灵敏:线条,

星辰,沿此而降:

以达到底部,潜游,

在那里,它看见自己

在闪烁:在不断前行的

词语的波涛汹涌中。


致亨利·米修

于无形之中,向我们伸出双手

以便将我们引向另一个无形之中。


出发。

无论如何,出发。


水流的长刀将斩断话语。

## 我所想象的米歇尔·福柯

一些个人的观点。确切地说,我与米歇尔·福柯并无个人交往,而且我们素未谋面。除了那一次,1968年五月风暴期间,在索邦大学的校园里,可能是六月或七月(但是有人告诉我福柯当时并不在那里)。就是那次,我有幸与他交谈了几句,而他本人根本不认识我这位攀谈者(那些五月风暴的诽谤者们,不管他们怎么说,那的确是一段美好的时期,任何人都可以与他人对话,无论是无名小卒还是平庸之辈,任何人都会受到欢迎,仅仅因为他是另外一个人)。的确,在那一系列非同寻常的事件期间,我经常寻思:福柯为什么不在那里呢?他重塑着他的魅力,考虑着他本该占据的空位。对此,有人给出了答复:他有点谨慎,或许他在国外。但这样的回答并不能让我满意。确切地说,许多外国人,甚至遥远的日本人,当时都在那里。或许我们就这样错过了彼此。

福柯的第一部作品就让他声名远扬。然而,就在它还只是一本无名的手稿之时,我就有幸拜读,并令我深受感染。是罗歇·凯卢瓦(Roger Caillois)得到了这部手稿,并将之推荐给了我们中的很多人。我依然记得凯卢瓦的这一角色,因为我觉得他在当时并不为人所知晓。凯卢瓦本人在当时也不为政府专员所认可。他关注的事情太多。保守党员、革新者,总是有点特立独行,从来不会进入到那些拥有公众所认可的学识之人的社会中。终于,他为自己树立了一个相当漂亮的形象,有时过于夸张,他自诩为法语语言准则的监督者——凶恶的监督者。福柯的风格,光辉而精确,看似矛盾的优点,令他感到困惑。他不知道这一伟大的巴洛克风格是否会破坏他独特的学问,其哲学、社会、历史等方面的多重特征,既阻碍着他,又激励着他。在福柯的身上,他或许看到了另一个自己,欲窃取其才华的自己。没有人喜欢看见镜子里陌生的自己,在一面镜子里,他无法辩认出自己的复本,却可辩认出自己本希望成为的人的复本。

福柯的第一部作品(我们姑且认为是第一部)强调了与文学的关系,这是后面需要更正的。"疯癫(folie)"一词有着含糊不清的渊源。福柯只是间接地描述了疯癫,他首先描述的是这个排斥的权力。在阳光灿烂或天气恶劣的某一天,这一排斥的权力由一项简单的行政法令,一个决定来执行,将社会分为理性与非理性,而非善与恶。这一法令揭示了理性的不纯粹性以及权力——此处指至高无上的权力——竭力与万物之间保持的含糊不清的关系。同时,它使人明白了权力不经划分就实现统治可没那么简单。重要的,其实是划分;重要的,是排斥——而非排斥或划分的东西。最后,历史是多么奇特,倘若使之摇摆的只是一项简单的法令,而非恢宏的战争或重大的君主之争。此外,该划分绝非一次旨在惩罚反社会的危险人物(游手好闲者、穷困潦倒者、放荡不羁者、亵渎神灵者、荒诞不经者,以及白痴和疯子)的恶意行为,而是通过一种愈加令人生畏的模棱两可,重视他们,给予他们关心、食物和祝福。避免生病之人死于路旁,避免穷困之人为了生存沦为罪犯,避免放荡之人以其恶劣的风俗品行使虔诚之人堕落。

这一切并不可恶,反而标志着一种进步,预示着真正的导师将发挥作用,预示着这一改变的开启。

因此,从他的第一部作品开始,福柯就在描述哲学领域的(理性与非理性)问题,但他是从历史和社会的角度来进行描述的,突出历史中的某个间断点(一个小的事件会造成巨大的改变),而不要将这些间断变成断裂(在疯子之前,有麻风患者。正是在这些场所——既物质又精神的场所——因麻风患者的消失而腾空的场所,被布置成其他受到排斥之人的避难所。正如这种排斥的必要性仍然以各种惊人的形式坚持着,时隐时现)。

# 处于危险中的人

应当思考一下"疯癫"这个词,甚至是福柯所言的"疯癫",为何带有一种巨大的质问力量。至少有两次,福柯曾经自责痴迷于疯癫存在着深度这一想法,并认为疯癫构成了历史之外的某种基本经历,而诗人(艺术家)曾经是并且可能成为其见证人、受害者或英雄。倘若这是错误的,这个错误对于福柯而言也是有益的,因为通过这一错误(也是通过尼采),他意识到自己对深度概念兴致甚微。他还在话语中捕捉隐藏的意义、迷人的秘密,换言之,意义的双重和三重的基础。诚然,我们唯有取消意义本身,以及词语中的所指,乃至能指,方可达到尽头。

此处,我要说的是,福柯曾经挑衅地宣称自己是位"幸福的乐观主义者",事实上,他是一位处于危险之中的人。没有夸耀,对于我们所面临的危险具有敏锐的感知。他通过自问来了解哪些最具威胁性,哪些我们可以与之一起等待时机。策略的概念对于他的重要性便在于此,而他所琢磨的思想亦在于此。倘若机缘巧合使然,他本该成为一名政府要员(参议员),如同一位作家——他总是拒绝这个名号,多少带着激烈和直率的拒绝——或是一名纯粹的哲人,或是无名无姓的劳动者,也就是一个我不知道是什么或者是谁的人。

无论如何,一位行走之人,孤独的、隐秘的行走之人。因此,他怀疑内在性的魅力,拒绝主观性的诡计。他寻找从何处以及如何使表面的话语成为可能,这话语闪闪发光,没有幻影,并不陌生。正如人们所相信的,在寻求真理的道路上(在经历了诸多危险之后),任由此番追寻的危险逐一暴露,追求真理与纷繁的权力机构之间模糊不清的关系同样显露出来。

# 永别了,结构主义

福柯的作品中,至少有两部,似乎为一门新的知识开启了未来。其中一部看似晦涩难解,另一部则光彩夺目、浅显易懂、引人入胜,然二者均具有程序科学的外表,事实上却如同遗嘱,记载着不会被遵守的承诺。承诺无法实现,并非由于疏忽或乏力,而是因为除了他们的承诺自身之外,别无其他实现的途径,福柯在提出这些许诺的时候,已经耗尽了他赋予其上的兴趣。——正是这样,他处理好自己的事务,随后转向其他领域,但他没有违背自己的要求,只是将之伪装成显而易见的轻蔑。著作颇丰的福柯,是一个沉默寡言的人:当善意的或恶意的提问者要求他做出解释的时候,他总是固执地保持沉默(不过还是有例外的)。

《知识考古学》和《话语的秩序》一样,标志着一个时期——一个时期的结束。在那个时期,身为作家的福柯,宣称发现了接近纯粹的话语实践,在这个意义上,它们只是反映它们自己,反映它们形成的规则,反映它们的联结点——尽管并无渊源,反映它们的出现——尽管并无作者,反映不暴露任何隐藏之物的解码。什么也不会承认的见证,因为除了已经言说之词,它们什么也不会说。与一切评论均相违背的作品(啊,福柯对于评论充满敬畏)。自治的领域,但它既非真正独立,亦非持久不变,因为它们处于不停的变幻之中,如同既与众不同又纷繁复杂的原子,倘若我们愿意承认多元性的存在并不影响任何统一性。

但是,有人说,在语言学扮演着重要角色的这种经历下,福柯怀揣自己独特的意愿,除了追随几近消逝的结构主义之梦,别的什么也没做。应当研究一下(但是在这项研究中,我所处的地位很尴尬。因为我发现直到现在,不论是肯定抑或否定,我还从来没有说出这昙花一现的学科的名字,尽管我与这一学科的某些信奉者保持着深厚的友谊)总是超脱于情感之外的福柯,当人们声称要将他拉上这艘已经由多位声名显赫的船长掌舵的大船之时,他为何真的动怒?理由颇多。最简单的(如果可以这么说的话),是因为他在结构主义中感觉到了先验主义的残留。由于支配着所有科学的这些形式法则与历史之更替不相容,而它们的出现和消失又依赖着历史之更替?历史的先验与形式的先验非常之不纯的混合。让我们回想一下《知识考古学》中一段报复性的话语,这句话是值得琢磨的。"因此,把这个历史的先验设想为一种被赋予了历史的形式的先验,没有什么比它更令人愉悦,也更不确切:静止的、空白的伟大形象某日突然出现,将无人可以逃脱的暴政施加于人类的思想,随后又突然消逝,消失之前没有任何征兆:惊愕的先验,闪烁形式的游戏。形式的先验与历史的先验既非同一水平,亦非相同性质:倘若二者相交,那是因为它们处于两个不同的维度。"我们还可以回顾一下这本书末尾的对话,两位米歇尔面对面地决斗,没有人知道谁会受到致命的一击:"在整本书的始末,"一位说道,"尽管很糟糕,您已经在努力揭去'结构主义'的标签……"另一位的回答非常重要:"我没有否认历史(然而结构主义似乎对历史基本一无所知),我将变化一般的空洞的范畴悬空起来,以使不同级别的转变得以出现,我拒绝时间化的统一模型。"

为什么这一争执如此尖锐,或许还一无是处(至少对于那些看不见问题所在的人而言)?因为福柯希望成为的档案保管员和不希望成为的结构主义者都(暂时地)同意只为了唯一的语言(或话语)而工作。哲学家、语言学家、人类学家、文学评论家声称从语言中提取了表面的法则(因此是反历史的),同时任由其代表一种邪恶的先验主义,海德格尔用两个极其简单的句子告诉了我们:语言无需被建立,因为正是它创建了一切。

# 间断性的存在

然而,福柯在关注话语的同时,并没有放弃历史。但是他从中区分出了间断性和审慎,并不具任何普遍性,而是局部的。间断性和审慎并不假定背后存在着一篇巨大的、安静的叙事,持续的、无穷的并且应当要制止(或抑制)的喧哗如同一段神秘的无言或无思,不仅期待复仇,还会无声无息地研究思想,使之永远可疑。换言之,从未对精神分析产生过兴趣的福柯,依然尚未准备好去思考巨大的集体无意识。它是所有话语和历史的基础,是一种"先话语旨意"(providence prédiscursive),至高无上的恳求,或具创造性,或具毁灭性,我们只需将其转变成个人意义。

福柯尝试将解释("隐藏的意义")、本原(独一无二的开端,即海德格尔的"本源"),以及他亲自命名的"能指的权威"(音素、声音、语调甚至节奏的统治)进行分离。他还对话语进行研究,一边试图从中分离出他称之为陈述(énoncé)的形式:这个术语,应当说,在其近乎英雄主义的重言式中,用其排除的内容来指明比用其肯定(陈述)的内容来指明更加容易。请您阅读一下或者重新阅读《知识考古学》(这个题目本身就很危险,因为他提及必须摒弃的东西,诺亚方舟的圣子或本原的话语),您会惊讶地发现其中有许多否定的神学用语。福柯穷尽其毕生才华,运用恢宏的语句来描述他所拒绝的东西:"这不是……,这也不是……,这更不是……"因此,他几乎没有什么可说的了,唯有强调那些明确地拒绝"价值"概念的东西:陈述是罕见的、独一无二的,只要求被描述,或者仅仅是重写,与之发生关联的是其可能性仅有的外部的环境(外部、外在性),因此,引起了一些偶然的系列,后者时不时地制造事件。

日常话语中有大量的句子,我们却与之相距甚远。这些句子通过合并得以不停地孕育,矛盾无法制止这些合并,相反还会促动其达到令人眩晕的彼世。合乎自然规律的、莫测高深的陈述存在于罕见之中,部分只能是正面的,而且对于其所反映的东西并没有我思,没有可以证实的唯一的作者,不受任何有助于将其确定在某个整体之中的环境限制(从中可以提取出单一的或多重的意义)。陈述本身已经是多样化的,或者更确切来讲,是非统一的多样性:是系列的,因为系列是陈述组合的方式,具有能够重复的实质或特性(即,萨特所言,最缺乏意义的关系)。与其他系列一起,共同构成一个独特的交错或颠倒;时而,当它们静止的时候,构成画面;时而,通过它们同时的连续的关系,作为既偶然又必然的片段被记录下来,完全类似于系列音乐中反常的音群(托马斯·曼所说)。

《话语的秩序》即福柯当选法兰西学院院士的就职演说(遵循原则,演说者都会讲述接下来的课上要做的事情,而他却没有这样做。因为刚刚已经说了,而且所说的内容承受不起发展),其中福柯更加清楚地,或者没那么严肃地(应当研究一下这份严厉的丢失仅仅是因为权威话语的苛刻要求,还是由于对考古学本身的冷漠)列举了一项新的分析中需要运用的概念。于是,他提出了事件

(événement)、系列（série）、规范性（régularité）、可能性条件（condition de possibilité），并逐个地将这些术语用来与那些在他看来支配着传统的思想史的原则相对立。这样，他将事件对立于创造，系列对立于整体，规范性对立于本原性，可能性条件对立于意义——对立于被埋葬的隐藏的意义的珍宝。这就非常清楚了。但是，从那时候开始，福柯难道不是赐予了自己一些过时的对手吗？难道他自己的原则不比其官方话语更复杂吗？还带着惊人的规范，难道不让人深思吗？例如，人们都坚定地确信，福柯坚持着某个文学创作的观念，完全而简单地摆脱了主体的概念：即，不再有作品，不再有作者，不再有创作的整体。但是所有的一切并非如此简单。主体不会消失：这是他的整体太过确定了，而会产生问题；因为刺激利益和研究的东西，正是它的消失（即消失所代表的这种新的存在方式），或其分散。分散不会致其消失，却只会给我们提供多样的位置和功能的间断性［在这里我们重新发现了间断性的系统（système de discontinuités），它错误地或正确地出现在系列音乐专属的某段时间里］。

# 知识、能力、真理？

同样,对于福柯所谓的真理意志(或严肃知识意志)几近虚无主义的怀疑,或是对理性概念多疑的拒绝,若是将其归因于福柯,我认为忽视了其担忧的复杂性。真理意志,是的,的确如此,但是它的价值何在？它有着怎样的面具？在这个相当体面的研究背后隐藏着怎样的政治需求？福柯越感觉到不得不集中精力于可疑的科学,这些问题就越是摆在眼前。他这样做,更多地是出于现代命运(同样也是他自己的命运),而非出于魔鬼的本能。这些他并不喜欢的可疑科学已经由于"人文科学"这个过于夸大的名字而受到质疑(当他带着某种淘气的恶意,宣布我们如此担忧的人类即将或可能消失的时候,他想到的正是人文科学)。从今天开始,我们费尽一切努力,我们持续的好奇使之缩减为简单的调查对象(objet)、统计对象,甚至是民意测验的对象。真相的代价是昂贵的。我们不需要为了相信这一点而回忆尼采。从《知识考古学》开始,我们似乎沉醉于话语自治的幻象之中(或许是文学和艺术为之陶醉的幻象),知识与能力的多重关系就是这样得以宣告的;在历史的某个时刻,辨认真伪的古老意志所产生的政治效果,使我们意识到该政治效果的义务也这样得到宣告。知识、能力、真理?理性、排斥、抑制?若是相信福柯满足于如此简单的概念和如此简单的联系,那么必定是错误地理解他了。倘若我们说真理本身就是一种能力,我们几乎无法更加领先,因为权力是一个适于论战的术语,倘若分析不考虑其作为储藏室的特征,它几乎无可使用。至于理性,它无需让位给非理性。威胁我们之物,正如服务我们之物,不尽是理性,更是理性多样的形式,是理性工具的加速积累,是理性化过程中合乎逻辑的混乱。它们在刑罚体系、医疗体系甚至社会体系中同样出色地发挥着作用。福柯让我们在记忆中印下了这段神谕般的判决:"恶人的理性是现代历史的事实。非理性之人不会获得如此多的永不失效的权力。"

# 从屈从到主体

我们非常熟悉的《规训与惩罚》这本书标志着福柯从孤立的话语实践研究到社会实践研究的过渡,后者乃前者的背景。这是政治在福柯的工作和生活中的显露。从某种角度来看,他所关注的问题并未改变。从大禁闭到各式各样的无形监狱,仅有一步之遥,简言之,没有任何"跳跃"。但是,这一连接(适合的词)并不相同。禁闭是医学的远古原则(这门未完成的学问,福柯从未忽略过它,他甚至在希腊人身上重新发现了这些知识,后者令其纠结,最终在他精疲力竭之时抛弃了他,以示报仇)。刑罚体系从秘密酷刑、从执行处决开始,直至"监狱-模型"的精致运用。从中,有人可以获得高等学校学位,有人则借助安定药心满意足地生活,将我们置于不可抗拒却又不乏益处的进步主义含糊不清的苛求和反常的束缚之中。所有通过学习知道自己从何而来的人,都会惊叹自己的所为,或者说,忆及自己所承受的扭曲之时,会让步于那使其僵化的沮丧,除非他以尼采的方式,求助于谱系学,或投身于批判游戏。

人们是如何学会与鼠疫作斗争的?不仅是将鼠疫患者隔离,还建立了严格的疫区划分,创立了一门秩序技术。后来的城市管理即受益于此,最终在鼠疫消失之后,借助于细致的调查阻止流浪("无产者"来与去的权力),直至剥夺消失的权力,此权力至今仍以这样或那样的形式被剥夺。倘若底比斯的鼠疫源于俄狄浦斯的乱伦,我们可以认为,从谱系而言,精神分析的荣誉仅仅是毁坏性的鼠疫久远的效果而已。由此,弗洛伊德在抵达美国的时候说出了这段著名的话语。但是,人们会寻思,他是否借此想说,从本源和疾病分类学上而言,鼠疫和精神分析相互联系着,因此,它们可以象征性地相互交换。无论如何,福柯希望研究进行得更加深远。当鼠疫蔓延之时,为了依据严格测量的规则,明确界定疾病的危险区域,必须要绘制(物质的和智力的)空间,他在这个必要性中辨认出了,或是自认为辨认出了"结构主义"的起源。在军事演练区域,以及随后的学校或医院中,人类的身体学会屈从于这种必要,从而变得温顺,以可互换的单位来运作:"在纪律之中,各个要素是可以相互交换的,因为它们是根据各自在系列中的地位以及与其他各要素间的差异来定义的。"

严格的空间划分迫使人体任由挖掘和拆分,若有需要,还得被重组。这个空间划分在边沁的乌托邦里,即全景监狱的模型中得以实现。后者展示了完全可见性的绝对权力。(这确实是奥威尔的虚构。)如此的可见性(雨果将该隐暴露于这种可见性之中,直至坟墓)具有悲剧性的优点,也就是将人体必需承受的身体暴力变得一无是处。但是不仅仅如此,还有更甚。监视——接受监视的事实——不仅是警觉的看守者所进行的监督,还包括让人既听话(服从规则)又高效(即有用)的人类行为。监视还需要各种形式的观察、调查和实验,否则,任何真正的科学都不会存在。权力亦将不复存在吗?这更加不确定,因为至高无上的权力的渊源隐晦,需要追溯至消费,而非使用,无需谈及更加不幸的组织原则。它使血液的象征性得以永存,如今的种族主义仍然以此为依据。

这一切得到确认和宣告之后,我们感觉到,以某种确定的方式,福柯差不多是更偏向开放的野蛮时代。在那个时代,酷刑毫不掩饰其凶残。它侵犯了君权的完整性,在上层与底层之间建立起奇特的联系。因此,当罪犯以惊人的方式赎罪的时候,他便赢得了行动的辉煌,而这些行动使之与众不同。(吉尔斯·德·莱斯①,或卡夫卡《诉讼》中的被告亦是如此。)证据在于,死刑的执行将不仅是人们欢聚的契机,因为它象征着法律和习俗的撤销(我们属于例外);有时还会激起反抗,即死刑赋予人们这样一个观点:他们自己亦有权通过反抗来打破瞬间削弱的国王强加于他们的束缚。因此,对于囚犯的命运处置更加谨慎,并非出于善良;让罪犯的尸体保持完整,亦非出于仁慈;而是通过触及"灵魂与精神"来使其改过自新。诚然,改善监狱条

---

① 吉尔斯·德·莱斯(Gilles de Rais,1404—1440),法国元帅,参加贞德队伍最早的将领之一,曾与贞德并肩作战。贞德被俘后退隐,埋头研究炼金术,希望借血来发现点金术的秘密,把 300 多名儿童折磨致死,后亦因此被施以火刑。——译者注

件的措施并非全都可恶,但有可能使我们误解,让我们相信这些措施合乎愿望或令人高兴。18世纪似乎赋予了我们对新自由的喜爱——这是相当美妙的。然而,自由的基础,即(福柯所谓的)"下层土壤"并没有改变,因为我们仍然可以在纪律社会找到它。在纪律社会里,掌控的权力在不断繁殖的同时进行着自我掩饰。① 我们总是更加屈从。这个屈从不再是粗俗的,而是精致的。我们从中得出了光辉的结果,我们成为了主体,自由的主体,欺骗性,只要我们忘记其超验性,我们就有能力将其纷繁的形式转变为知识。我们用多样的规律和理性的程序取代了神的法则。当这些规律令我们感到厌倦的时候,就会让我们觉得它们似乎源于一种人类的但又异常恐怖的官僚主义。(我们不能忘记卡夫卡,他天才般地描述了官僚主义最残忍的形态,同样从中看到了某种神秘而又有点变质的权力的独特之处,并且在它面前屈服。)

---

① "启蒙运动发现了自由,也发明了规训。"(或许有点夸张:规训史要追溯至史前时代,比如说,通过某种成功的训练方法,我们把熊驯化成了后来的看门狗或骁勇的警察。)

# 内在信念

我们若是想看看我们的公正有多么地需要古老的地下土壤,那么只要回想一下几近晦涩难解的"内在信念"这个概念一直以来在其中扮演的角色。我们的内在性不仅依然神圣,而且它继续在使我们成为萨瓦牧师维凯尔的后代。海德格尔作品中关于道德意识(das Gewissen)的解析仍然依赖于这种贵族遗产:在我们的内心,有一种话语可以构成宣判,绝对的肯定。话语被说出来,最初的言语从整个对话中释放出来,便成了公正的话语,任何人都无权质疑。

结论如何?关于监狱,福柯确认其源于近代(但地牢可不是源于昨天)。或者说,更重要的是,他指出监狱的改革与监狱的建立同样古老。在其大脑的某个角落里,这意味着改革不可改革之物毫无必要。随后(我补充)修道院的组织难道没有指明隔离的优势,与自己(或与上帝)面对面交流的奇妙,安静带来的更佳的益处,最伟大的圣人闭关自修或是造就最顽固不化的犯人的风水宝地?异议:某些人赞同,某些人屈服。但是,区别有那么大吗?修道院里的规章制度难道没有监狱里的多吗?最后,终身监禁的囚犯难道不是许下永恒誓言之人吗?天堂、地狱,或近如咫尺,或远若天涯。但至少可以肯定,福柯质疑的不是理性本身,而是某些理性或理性化的危险。他所感兴趣的,不是一般的权力概念,而是权力的关系、构成、特征及其运作。当暴力产生的时候,一切都显而易见;但是,当拥护形成的时候,或许隐藏在最坚定的赞同之中的只有某个内部暴力的效应。(有人责备福柯在其权力分析中否认中心的、基础的权力之重要性!由此,有人推论出所谓的"反政治主义",认为他拒绝战斗——可能在某一天成为决定性的战斗,拒绝一切普遍改革的计划。但是人们悄悄地传递着,不仅是他即时的斗争,还有他不参与"伟大计划"的决心,这些计划只是日常束缚的美丽托辞而已。)

# 谁是今天的我？

在我看来，福柯艰难而享有特权的地位由此变得清晰：从不认为自己（他永远是在传统哲学与摒弃一切严肃的思想之间"迂回"）是社会学家、历史学家、结构主义者、思想家或形而上学者，那我们是否知道他的位置在哪里？当他在医学、现代刑罚、微观权力极为丰富的运用、身体的惩戒投资以及从罪犯招供到正义的忏悔，到精神分析中永无止境的自言自语这个广阔的领域进行微观研究的时候，我们寻思他是否只是抽取了某些具有范式（paradigme）价值的事实，或是重新勾勒了孕育出人类知识的各种形式的历史持续性，还是（有人如此指责他）貌似随机地在已知或蓄意无知的事件区域里漫步。但实际上他是在熟练地挑选，以提醒我们所有的客观认识都是可疑的，正如主观性的要求都是虚幻的。难道他本人没有向吕塞特·费纳吐露真言,说"除了虚构作品之外,我什么也没有写过。对此,我已经完全意识到了吗?"换言之,我是一个寓言作家,书写寓言,但如果有人期望从中听到寓意,那可不明智。但是福柯倘若不立即修正,或者不使之具备细微的差别,那么他就不是福柯了:"但是我相信,让虚构在真实的内部运作是可能的。"由此,真实的概念从未被消除,主体的观念或对人类作为主体构建进行的探索也从未丢失。我可以确定,克劳德·莫拉利著名的作品《谁是今天的我?》①不会视福柯为无关紧要。

---

① 克劳德·莫拉利(Claude Morali):《谁是今天的我?》(*Qui est moi aujourd'hui?*),伊曼努尔·列维纳斯作序,Fayard 出版社。

# 血缘社会,知识社会

然而,福柯回归到某些传统问题(即使他的回答依然是谱系式的)是由一些我不愿言明的环境促成的。不愿言明,因为它们在我看来属于私人范畴,并且即便言明亦无益于人们对它的了解。福柯在《性史》第一卷《求知意志》出版之后沉默了很长一段时间。对此,他虽然做出了解释,但显然并不是很有说服力。《求知意志》或许是福柯最具吸引力的作品之一,它光彩照人,风格尖锐,其中的断言颠覆了公众的观点。这部作品是对《规训与惩罚》的传承。福柯从未如此清晰地解释过**权力**,它并非由独一无二的、至高无上的领域行使,而是源自底层、社会行业的最底部,由局部的、活动的、暂时的,有时是微小的力量衍生而来,最终自我整理成强大的同质性,聚合使之变得霸道。但是，他的思索迎来新的挑战，即揭露性的构形，为什么又回到关于权力的思索？有诸多原因，我只想随便说两点：其一，福柯通过肯定自己对权力的分析，否定了**法律**的主张，后者在监督甚至禁止性的各种游行的同时，继续表现为**意愿**的基本组成。其二，性，福柯所指出的意义，或者至少是今天（追溯至很远的今天）人们赋予它的吹毛求疵的重要性，标志着从血缘社会，或者说表现为血缘象征的社会，向知识社会、规范社会和法律社会的过渡。血缘社会：这意味着战争的美化、死亡的至高无上、痛苦的颂扬以及罪恶的伟大和高尚。因此，权力本质上通过血缘——家族的价值（拥有高贵的纯洁的血统，而不惧将其延续下去，同时，禁止冒险的血液混杂，乱伦法律的调整便源于此，或者乱伦正是因其恐惧和禁令而具有召唤力）即源于此——来言说。但是，当权力不再与血缘和血亲的唯一的威望相结合的时候（同样是在教会的影响下，后者从中受益，推翻了联盟的规则，例如娶寡嫂制的废除），"性"取得了优势：不再与法律联系在一起，而是与规范联系起来；不再与主人的权力联系在一起，而是与种族——生命——的未来联系起来，处在声称决定一切、管理一切的知识掌控之下。

这是从"血亲"到"性"的过渡。萨德是这一过渡的暧昧的见证人和传奇的演示者。对他而言,唯一重要的就是愉悦,就是享乐的指令和追求快感的无限权力。性是唯一的**善**,而**善**拒绝任何法则和规范,除非(这一点很重要)通过违背法则或规范可以获得满足,从而让愉悦恢复生气,哪怕这是以他人的死亡,如同自己兴奋(极其幸福、无怨无悔)的死亡为代价的。福柯说道:"血缘已经将性消除。"然而,这个结论让我惊讶,因为萨德不可逾越地建立了性的至高无上。在生活中,这位贵族只有在嘲笑自己的贵族身份以从中取乐的时候才会提及这一身份,在作品中更是如此。他喜欢在梦幻或想象中将受害者杀害并积聚起来,那是为了排斥社会甚至是自然强加到他的意欲之上的界标;他喜欢血缘(但不及精液,或如他所说的"投掷"),但是他丝毫不关心保持纯正的或高贵的血统。完全相反的是:罪恶之友协会根本不是依靠可笑的优生学而联系起来的,而是越过官方的法律,通过秘密的准则团结在一起的。这就是冷漠的热情,它将至上的权力赋予性,而非血统。因此,道德消除了或者说自认为消除了过去的幻象。因此,人们试图说,由于萨德,性取得了权力;这同样自然地意味着,从此,权力和政治权力便利用性的构形来隐秘地发挥作用。

# 屠杀性的种族主义

从血缘社会到一个性强制施行自己的法则而法则又利用性来树立威信的社会,有一个过渡。福柯正是在对这一过渡进行思索的过程中,又一次直面我们的记忆中最大的灾难,现代社会里最大的恐惧。"纳粹主义,"他说道,"曾经是血统的幻象与规训极限最天真、最狡诈的融合。"诚然,血统,颂扬纯正的血统从而超于一切混合已达到的优势(生物学幻象,掩盖了假想的印欧社会被赋予的掌控权,其最高体现就是日耳曼社会)。从那以后,义务在于去除所有剩余的人性,首先是《圣经》中子民不可毁灭的遗产,从而拯救这个纯正的社会。种族灭绝的施行需要各种形式的权力,包括生命-权力的新形式,其策略使得由合法性、方法、冷漠的规定性构成的理想成为必然。人类是脆弱的。他们遭遇着最糟糕的境遇却全然不知，直至习以为常，并且发现一种"伟大的"严厉的惩戒和向导不容置疑的命令来为自身辩护。但是，在希特勒的历史中，荒谬的性行为扮演着次要的角色并且很快被隐匿。同性恋，战争时期的友伴关系的表现，对于希特勒而言只是一个用以清除不服从命令的帮派的借口而已，他们甚至目无法纪，不服从禁欲的命令，依然在禁欲的服从中寻找资产阶级理想。对于一个要求得到公认的政权而言，禁欲的命令是超越一切法律的，因为它自己就是法律。

福柯认为，为了阻止被屠杀性的种族主义滥用的权力机构（掌控一切，包括日常的性欲）的蔓延，弗洛伊德预感到后退的必要性，坚定的本能使之成为享有特权的法西斯主义的对手，并引导他复兴了古老的联姻法则，即"父系统治下的血亲禁婚"法则：一言以蔽之，他走向"法则"，牺牲规范和先前的法令，但他没有将禁令，即抑制的法规神圣化，对他而言唯一重要的便是拆卸机制、揭示起源（审核、抑制、超我等）。精神分析模棱两可的特征由此产生：一方面，它让我们发现或重新发现性征及其"畸形"的重要性；

另一方面,它把所有古老的联亲关系归结到**欲望**之上——不止是为了解释它,更是为了建立它。因此,精神分析没有走向现代性,甚至还构成了一种相当大的时代错误——福柯后来所谓的**历史的后倾**,他看到了这一名称的危险,即似乎使他变得有利于历史的进步主义,甚至有利于他已然远离的历史决定论。

# 谈论性话题的激情

或许现在应当说,在《性史》这部作品中,福柯并没有引导一场针对精神分析的战争,可笑的战争。但是,他也没有隐藏倾向:即,他仅仅从中看到了一段进程的结局,这结局与基督教历史紧密地联系在一起。忏悔、供认、对良心的考查、对肉欲的沉思等将性的重要性置于生存的核心,并最终认为散布于整个人体的性征具有最奇特的欲望。人们原先试图抑制的东西,现在却去鼓励之。人们开始将话语赋予一直沉寂的话题。人们将唯一的荣誉赐予原本与之纠缠不清试图制止的东西。从告解室到心理治疗室的躺椅,经历了数个世纪(因为几步的实现都是需要时间的),但是,从错误到无上的快乐,从私密的低语到无休止的长篇大论,我们再次发现谈论性的激情一直未变,既是为了自我解脱,也是为了使之永恒,犹如为了成为最珍贵的真相的主宰,唯一要做的便是就唯一的性征这一饱受诅咒与祝福的领域向他人咨询,从而自我思考。福柯的一些句子表达了自己的真相和性情,我标了出来:"不管怎样,工作人员倾听他们诉说性事,从而领取报酬,这可是只有在我们的文明中才会出现的……他们出租了自己的耳朵。"特别是这段讽刺性的评论,关于在性话题上花费的大量时间或者是浪费的时间:"也许有一天,人们会感到惊讶。人们会难以理解,一个如此热衷于改进大量的生产机器和摧毁机器的文明世界,耗费了如此多的时间和无尽的耐心,带着如此的焦虑来质疑性究竟是什么;当人们想起这些人——我们曾经认为,性之中至少存在某种真相,与我们向土地、星星和纯粹的思想形式要求的真相一样珍贵——的时候,人们或许会笑。当我们伴装将性——万物,包括我们的话语、习惯、机构、制度和知识,在光天化日之下生产并伴着嘈杂重新推出的性——从黑夜中拔去的时候,人们会惊异于其猛烈。"一段语意相悖的颂辞中的小片段。福柯似乎从《性史》第一卷开始就希望终止那些徒劳的研究。但是,他曾打算就此撰写大量的卷宗,不过最终还是没有写成。

# 哦，我的朋友们

他远离现代社会，考察古代文化（特别是古希腊文化——我们每个人都有在其中"寻根溯源"的诱惑；为什么不是古犹太文化？性征在其中扮演着重要的角色，法律的渊源也在那里），以此寻找一条出路（总之，这是他继续谱系学者或考古学者的方法）。他的目的何在？似乎是为了体验性在带来最简单的快乐之时的痛苦，为了在某一天阐明人们提出的问题，尽管这些问题很少吸引自由人的注意力，尽管摆脱了禁止的快乐与愤慨。但是我无法抑制地思考，《求知意志》这部作品引发的激烈批判，随之而来的某种思想的狩猎（相当接近于"人物追踪"），或许还有我只能假设，并且我认为他本人也因不知道其代表的意义而备受打击的个人经历（强壮的身体不再存在，福柯几乎预见到的严重的疾病,使他慢慢临近死亡,但这并没有让他愤怒,反而出奇地泰然自若)深深地改变了其与时间和写作的关系。他要撰写一些书籍,关于那些最触动他的主题,这些作品乍一看更像是出自勤勉的历史学家,而非个人研究之作。甚至其风格也截然不同:平静、缓和,没有其他文章中那般燃烧的激情。与休伯特·德雷福斯和保尔·拉比诺①交谈,当被问及自己的课题时,他突然惊叹道:"哦,我要先研究好自己!"这句话要阐释清楚可不容易,即使人们有点匆忙地认为由于追随尼采,他倾向于在希腊人身上找寻个人伦理而非公民道德,由此将他的存在——他剩下的时日——变成一部艺术品。由此,他尝试向先人要求重新恢复友谊实践的价值。友谊实践并没有丢失,但是除了在我们中的某些人身上,它再也找不到其高尚品德了。友爱(Philia)在希腊人甚至罗马人心中,是美好的人类友谊(既互惠互利又慷慨不求回报,这相互对立的要求赋予其谜一般的特征)的典范,可以当作一份能够不断丰富的遗产。友谊对于福柯而言,或许如一份身后的馈赠,超越热情、思

---

① 米歇尔·福柯:《哲学历程》(*Un parcours philosophique*),伽利玛出版社。我本人从中受益匪浅。

想的问题、生活的危险。生活的危险,他更多地是从别人的身上感受到,而非从自己的身上感受到。为一部需要研究(公正地阅读)而非褒奖的作品作证,我会笨拙地忠实于知识友谊。福柯的死亡令我万分痛苦,他死后我才敢在今天向他宣布:此刻,我想起了第欧根尼·拉尔修对亚里士多德说的那句话:"哦,我的朋友们,我没有朋友了。"

## 图书在版编目(CIP)数据

来自别处的声音/(法)布朗肖著;方琳琳译.
—南京:南京大学出版社,2016.1(2018.5重印)
(布朗肖作品集)
ISBN 978-7-305-16152-0

Ⅰ.①来… Ⅱ.①布…②方… Ⅲ.①文学研究—法国—文集 Ⅳ.①I565.06-53

中国版本图书馆CIP数据核字(2015)第267570号

Une voix venue d'ailleurs
Copyright © Editions GALLIMARD, Paris, 2002.
Simplified Chinese translation rights © 2016 NJUP
Through Garance Sun Agent Littéraire
All rights reserved
江苏省版权局著作权合同登记　图字:10-2011-136号

出版发行　南京大学出版社
社　　址　南京市汉口路22号　　邮　编　210093
出 版 人　金鑫荣

丛 书 名　布朗肖作品集
书　　名　来自别处的声音
著　　者　(法)莫里斯·布朗肖
译　　者　方琳琳
责任编辑　唐洋洋　沈卫娟

照　　排　南京紫藤制版印务中心
印　　刷　南京爱德印刷有限公司
开　　本　850×1168　1/32　印张4.375　字数60千
版　　次　2016年1月第1版　2018年5月第2次印刷
ISBN　978-7-305-16152-0
定　　价　25.00元

网　　址:http://www.njupco.com
官方微博:http://weibo.com/njupco
官方微信:njupress
销售咨询:025-83594756

\* 版权所有,侵权必究
\* 凡购买南大版图书,如有印装质量问题,请与所购
　图书销售部门联系调换